成長痛の月

飯島章友

素粒社

成長痛の月　目次

成長痛の月

みず

朝まだきくちびるはゆっくりひらく
身めぐりに目薬だけがある暮らし

ママチャリの後ろは子ども前は犬

豆腐屋をよくよく見ればカントなり

古書店の裏口からが猫の道
スプーンを磨いて水をととのえる

紙風船うすずみいろの（来て）をいう

木漏れ日に手を振っている祖母

青春を東海道で巻き鮨に
しろながすくじらのなかの古墳群

髭を剃るアボカド熟れているときも

脱ぎ終えて世界に幕をひく百足

仏蘭西の熟成しきった地図である

思春期も死へのみちすじヴェニス行

たてがみは風切り羽の名残です

水ぬるみ水むくみゆく聖五月

きゅうり揉み　船はもう出たのでしょうね

六面体の梅雨の一面だけが声

息止めていてくださいね羽化します

上向きにすれば蛇口は夏の季語

喉仏図鑑を閉じて水を飲む

木漏れ日を鍵盤として弾く老爺

ああ、ああ、と少女羽音をもてあます
地球の皮を剝く観覧車

音叉鳴る饐えゆくもののにおいさせ

こときれて蟬は漢字に還りゆく

野分とは蟬のむくろの誤配です

父が子に諭す夕日の匙加減

りんごのごには悲しみがある

ことだまにたまった水を抜いてやる

あれが鳥それは森茉莉これが霧
鳥葬や劇中劇に差し掛かる

夜を一枚めくる二軒目

類語辞典は瘡蓋をもつ

四十路まで順調だった桂剝き
ふゆがれのかかとの和音聴いている

空をぱりんと割る冬花火

鶴は折りたたまれて一輪挿しに

それは罅ではなく冬の触角です

触れ合って雪も私もみずになる

あかぎれをアランと名づけ愛でている

母と子を包んで柚子の湯がこぼれ

じいちゃんが死んだ百葉箱の下
最終の湾がまぶたを閉じだした

少年たちの九十九折

ある日来た痛み　初歩だよワトスン君
少年は成長痛のうつわかな

しおりひも垂らしたままの成長痛
立ち漕ぎをしつつぐんぐん背が伸びる

浮いてたね鏡文字など見せ合って
鍵穴に入れる双子の兄の耳

切り口が酸化している子供部屋
ヒヤシンスではなく少年テロリスト

選びなさいギムナジウムか白昼夢
鬱の字をスノードームで散骨に

少年が少年攫う四月馬鹿

シラバスに死んではいけませんとある

間違えてまたビルを超す成長期

避雷針立つボーイソプラノ

ぬばたまの短ランを着る成長期

変声はコーヒー豆を落としつつ

透けやすき部位がまだある成長期
使用済みボーイソプラノ収集日

十三歳《じゅうさん》のおぼろどうふな帰り道

走り終え少年たちの九十九折

芽キャベツの乱

芽キャベツの早口にまだ慣れません
土下座してそのままうすれゆくしゃちょう

磨りガラスだけれど指紋でもいいよ
対岸のささやきvsつぶやき

本日はお日柄もよく長い顔

国民的絶叫少女コンテスト

わかものの引力離れ
筋肉質の遮光カーテン

守護霊のれいで巻き舌する決まり
あざらしが受信トレイに紛れ込む

最新のお歯黒メイク特集号

補助輪が取れて地図から飛び出した

アドリブで醗酵し出すジャズシンガー

弁当の梅はとってもジャズシンガー

ふらんす製ふらここのある空き屋敷
くしゃみした途端に歌が句になった

枝豆の飛び出し方は芸である

真夜中にコンビニで買う健康茶

継ぐ者の途絶えた「流し川柳」だ
渦巻の真ん中にある水曜日

オスカーや翅はしまって召しあがれ

原告消費期限　被告賞味期限

河馬なのか蒲鉾なのか言いなさい

コーヒーはブラック的な漢和辞典

芸歴に「劇団家庭裁判所」

三つ指をつきつつ妻は腕立て伏せ

信じますカピバラだったアリバイを
おはようと胃から顔出す金曜日

褒められて伸びるタイプの顎の骨
卵を割ると瞑想中のソクラテス

こむらがえりがよみがえる夜

お歳暮はこむらがえりの詰合せ

年明ける首絞《チョーク》めを防御したままで
つつましくつまようじさす南極点

いもうとの芽キャベツの乱ねじ伏せる

いもうとは万策尽きて独活になる

イカロスが一〇〇回墜ちてもだいじょうぶ
というお話だったぞうがめ

未明のパーツ

Re:がつづく奥に埋もれている遺体

古紙縛るその手応えを記憶する

臀《いさらい》に双頭をもつ王子の寝

アボカドの種が真二つ笑いなさい

よく弾むようにと撫でる子の頭
父帰るビー玉がりがり齧りつつ

うな底につがいとなれり双つの眼
霊魂のコンの響きが理想なの

砂時計少年少女地獄絵図
オムライスみんなこわくはないのかな

図書館の書庫のどこかに獏がいる
君の胃袋を吊るし切りにしたい

チンドン屋東口から洞窟へ
いいピアノですね死体も隠せるし

炭酸が抜けて程よい電気椅子
ゆっくりと血の数式に解かれゆく

磨り硝子越しなる母と姉の腸《わた》
キリトリ線どおりに指は詰めるもの

時計屋へ動かぬ人をもってゆく
上書きをした理科室にシがにおう

人形が人形売りをする露店
捥ぎたての天使の翼から売れる

たそがれのあれはどなたの脳の皺
道化師が蝶の鱗粉塗りたくる

ポストからまぜるな危険って聞こえたの
自画像を描いて殺意を確かめる

@みつ@@めなさ@@@@い胎まで

絶叫が大根によくしみている

六道の辻に六種の笑い声
むらぎもの飛翔　未明が罥まれる

スクールデイズ

プルタブをぷしゅっとジュークボックスさ
リーゼント粒マスタード撫でつけて

先生のあだ名はMr. Be Quiet《ミスター・ビー・キュー》に

びっばっぶんでロッキン骨折しちまった

担任は日に日に蟹のにおい増す
夏が来る下手な落書きするために

コーラひとくちアムトラックが走り出す
寝坊したロックスターのでんぐり返し

二学期を中八にして叱られる

くしゃみする校章に似た風紋へ

切れた弦なんてパスタと茹でちまえ
数式の途中でバトルロイヤルに

鼓動する　ナイフおさめたテディベア

若さとは青いりんごのでぃんがりん

猿の星

あめつちのつなぎめに貼る湿布薬

星屎が生薬となる郷土かな

遺伝子で通話している糸電話

準急は地平線です目覚めなさい

過去問を解きつつ風葬だったこと

円周率を呟くあれはキング・リア

うっすらと前世を照らす冷蔵庫
あんどぅとろわでルパンは線になる

白線の外側にいる時計売り

新妻は訃報欄から目を通す

とくりとくとく席に迫ってくる車掌

「誰ですか」（落としたのですＤＮＡ）

ぬりかべの前にはだかるバンクシー
毎度おなじみ主体交換でございます

広義では臓器にあたる砂時計
幻灯機倶楽部で兄をみうしなう

「彦星へ　コクリコ珈琲店にいます」

拝観料払って兜虫のなか

地球時代から継ぎ足したタレである

イーハトーブの空の踏切

びすかうとさくりさくりと食べに来よ

ゆくりなく鶏の声出すかすていら

遺伝子が違うのでもう読めません
影たちはえんえんつづく金曜日

天の原リゲル／ゲンジは種違い

惑星が搗ち合いやまぬ渋谷、雨

天帝の手紙静かなホバリング

ミステリートレインが着く猿の星

句意を刈り取れ／レトリカを行く

都庁舎を渡世の義理で討つゴジラ

仕切《しき》りたし句会《くかい》で威嚇《いかく》した力士《りきし》

ジャグジーで父は冗談まみれです
ひさかたのひかりがすべてお説教

馬鹿野郎解散了えてちらし寿司

道化師はすがおきらいであえません

団欒の欒に巣作りする燕

渦でしょうか棋図かずおでしょうか

高校の死体処分に余暇はなし

世界中の文字から棒を抜く五日

恐縮ですが薔薇はパラパラ漫画です
黒髪の別れさせ屋であったヌー

梅雨の冷えかふかかかふかと咳をする

拡散がたくさん去って月下香

来ぬ人へ松岡修造的エール

ジュテームと寿限無におなじ酵母菌

ゆうまぐれまみれの指にふれている

アンニュイな秋の社会の窓辺だわ

朝はじゃぱん夕はじゃぽんと出入りする
ほらここにふらここがあるバイカル湖

火の鳥が羽ばたくばらもんばらもんと
ほろほろと苔の王宮滅ぶのみ

世界の水平線

はじまりは回転寿司の思想戦
知らんけどコンセンサスと言うとんで

パイ包み割ると匿名掲示板

スマートフォン切って四肢へと戻りゆく

夜の帰路コンビニの灯を信じますか
コンビニの冷蔵棚の奥の巨眼

付箋から付箋へと飛ぶ男親

ハ行音まみれの二十二歳だな

遺族去り欄間は乱気流になる
地上では蠢くものが展く地図

荊棘線に変わる世界の水平線

夏至　鈍く光るラムネとテロリスト

差出人不明でとどく善い空気
竹島を地引きでちょっとずつ戻す

うっすらと白髪くっきりと昭和

非正規がくっ付いている蓋のうら

檄文を読み上げやまぬ古時計

文末の（笑）を拾うホームレス

米帝の東京裁判支持します
アメリカ製憲法だから丈夫なの

寛容《リベラル》な表現に要る修正ペン
遮断機がるさんちまんと下りてくる

肋骨の一本護身用ナイフ

奇術師の口からどさっと不正票

髭のなきシン・マルクスが出現す
地球儀をなでゆく夜の　ここが痛点

氷河期がつづく回転ドアのなか
グローバル化の果てに喰う塩むすび

シニフィアン・シニフィエ

蟬たちを拾ってあるく、そのような九月生まれのぼくの天職

佐藤弓生

雨催いくすりくすりとバナナ熟れ

文字盤のⅫが海であったころ

否と言うシニフィアン氏のうすいくちびる

時計草、否礫刑の男たち

手鏡の縁がとけゆく　雨ですね

蓮根の穴を墓場と決めている

残された骨を象形文字と呼ぶ
文字盤で蝉を育てるぼくの天職

九月の蟬を拾い集めるシニフィエ氏
くちびるは天地をむすぶ雲かしら

一銭一句物語

ほっておけ徘徊中の月だから
濁音を盗みとったのは三日月

この月は照らしているか失せた鍵
ばあちゃんの梅干し持って月に行く

月のうしろはいもうとだらけ

月光で醗酵させた縄文酒

中二階　月の暈へは行きやすし

カーテンの襞にひんやり月の卵

腹話術人形捨てる月の裏

月虹をそっとほどいてから縊る

満ちるには千人ほどで足りる月

青い月素肌で歩くアルセーヌ

荊棘線に速贄の月お茶どうぞ

月の墓場をだれも知らない

あとがき

本句集には、二〇〇九（平成二十一）年から二〇二一（令和三）年までの二四八句を収録しています。この十二年間、現代川柳・伝統川柳・社会性川柳・狂句的川柳・前句付・短句（十四字・七七とも呼ぶ）など、いろいろなスタイルを経験してきました。そればかりではありません。創作活動の半分は現代短歌に費やしてきました。だからこそ自分の作品はクロスオーバーなのだ、などと言えればかっこいいのですが、とてもそこまでは達していません。ただ、もしもいくらかの多様性と、それをやんわり統一している人格とを感じていただければ嬉しいです。

昨年発売されたアンソロジー『はじめまして現代川柳』（小池正博編著、書肆侃侃房）に掲載された川柳も、ほとんど収録しました。当初は、そこに入っていない一七〇句～一八〇句でいくつもりでした。しかし、よくよく考えてみると、この句集ではじめて私の川柳をご覧になる方もいるはず。であるならば、世間に発表できるレベルの作品はすべて入れておいたほうがいいかもしれない。そう思い直した経緯があります。

今回収録した各章の川柳は、初出の並べ方にはこだわらず、大部分を再構成しました。それによって、既知の飯島作品も新鮮な感覚で読んでいただけるのではないか、と考えたのです。もっとも、千句近いストックの中から二四八句に絞ったわけですから、元より初出どおりには並べられませんね。

収録句の中には、故石部明や故筒井祥文に句会で選ばれた川柳もあります。故人も含め、選者にこれまで採っていただいた作品が、歳月を経て、今この句集の一部分をなしている。同時的に存在している。これは何と不思議なことでしょうか。何と光栄なことでしょうか。なぜと言って、間接的にではありますが、少なくない他者がこの句集に関わってくださったことになるのですから。

最後に、本句集の出版に携わったすべての皆様に感謝申し上げます。

二〇二一年梅雨

飯島章友

飯島章友（いいじま・あきとも）

１９７１年、東京都生まれ。

現在、柳誌「川柳スパイラル」「川柳雑誌風」に参加。

２０２０年、川柳アンソロジー『はじめまして現代川柳』（小池正博編著、書肆侃侃房）に参加。

短歌では歌誌「かばん」に参加。２０１０年、第25回短歌現代新人賞受賞。

成長痛《せいちょうつう》の月《つき》

2021年9月15日　初版第1刷発行

著者　飯島章友《いいじまあきとも》

発行者　北野太一

発行所　合同会社素粒社
〒184-0002
東京都小金井市梶野町1-2-36　KO-TO R-04
電話：0422-77-4020　FAX：042-633-0979
http://soryusha.co.jp/
info@soryusha.co.jp

ブックデザイン　北野亜弓（calamar）

印刷・製本　創栄図書印刷株式会社

ISBN978-4-910413-06-8　C0092

本書のご感想がございましたらinfo@soryusha.co.jpまで
お気軽にお寄せください。
今後の企画等の参考にさせていただきます。